KB140454

우린 왜
꽃보다 **외로운 걸까**

우린 왜
꽃보다 외로운 걸까

최경옥 청소년 시집

문학의전당

시인의 말

꽃보다 외로운 너희들에게
무작정 곁을 내어주고 싶다.

손은
손을 타야 더 따뜻해지는 법

그 외로움마저도
훗날 자양분이 될 것임을 알기에

나는 함부로
손을 내밀 수가 없다.

2018년 8월
최경옥

제2부

제3부

제4부

제1부

그게 너야

네가
날 보고 웃을 때

내 가슴속에 피는

세상에서
가장 예쁜 꽃

빨간 구두

마법에
걸려서가 아니야

춤추는 게 좋아서
멈추지 않는 거야

춤을 추는 게
너무 행복해서
멈출 수 없다면

돌이킬 수 없단 걸
잊으면 안 돼

생일

네가 있어
생일도 의미 있어

생각 위의 생각

반듯하게
순서대로 생각하면
얼마나 좋겠니?

가끔은
생각 위의 생각으로
아래 깔린 생각을
놓칠 때가 있지

덜컥
사랑한다고
내뱉은 말 때문에

밑에 깔린
친구라는 말이
입장이 곤란할 때

누가

순서 좀

바로 잡아줄 사람?

지금은 새벽 두 시

알람이 울릴 때까지
책상 위의 책들은
미련 없이 덮자

잠이 안 오면
눈을 감고
편안히 호흡해봐

인형이든 수건이든
함께 누워
자장가를 듣자

이제 책을 덮고
잠자리에 들 시간

지금은
꿈을 꾸어야 할
새벽 두 시

이보다 단순할 수 없다

길을 걸을 때도
밥을 먹을 때도
공부할 때도

오로지
너만
머릿속에 가득해

너만 생각하고
너만 보이고
너만 기다리는

이보다
단순한 삶이 또 있을까

지루한 겨울

꽃을 피운다는 건
세상 밖으로 나오기까지

있는 힘을 다해
제 스스로
문을 열고
자리를 찾는 것

때를 기다리는
숨은 인내와

보이지 않던 것을
짠, 하고 보여주었던
지난봄처럼

나만의
봄을 기대해

\>

아자 힘을 내자
지금은 깜깜한 겨울이래

이쯤에서 화해하자

좀처럼
좁혀지지 않는
완고한 싸움에
입이 바짝 마른다

밀고
잡아당기다
끊어질 듯
팽팽해진 줄

이제 놓으려 하니
둘 중 하나
곤두박질치겠구나

친구야
이쯤에서 같이
줄을 내려놓는 거다

시험 보는 날

아침부터
집안 분위기가
심상치 않더니

큰소리가 나고
그릇 깨지는 소리
말릴 틈도 없이
우리 집은 전쟁터다

울먹일 틈도 없이
시험지를 받아들고
문제를 푼다

머릿속이
어지럽다

시험을 보는 내가
측은한 아침

시험공부

꼭
필요한 것은
공짜로 빌려주셨다

물
공기
바람
햇볕

니 꺼 내 꺼
가리지 말고
함께 누리며 살라고
공짜로 주셨건만

니가 잠든 밤
내가 너보다
더 많이
누리기 위해

나는

졸린 눈을 비비며

이 밤과 씨름 중이다

학교 가기 싫은 날

어떤
힘든 청소를 시켜도
잘할 자신 있어요

절대
하기 싫다고
불평하지 않을게요

제발
오늘 하루만

누구
나 대신
학교 갈 사람?

진짜 괴로움

어쩔 수 없이
봐야 하는 만남은
일초가
지독한 괴로움

좋은 사람과
함께 있는 시간은
다가올 이별이
애틋한 괴로움

같은 괴로움이
아닌 줄
이제야 알겠네

월요일 아침

준비물은
어디에 뒀는지

교통카드는
지갑에 있는지

신발 끈은
잘 묶였는지

핸드폰은
가방에 넣었는지

비상금은
챙겼는지

허둥지둥
평범한 일상이

>

뒤죽박죽

섞이는 날

시소

무게중심이
한쪽으로 기울어

굴러지지 않는
시소

마음을 바꿨다

알콩달콩
주고받는
재미는 없지만

나를 낮추어
너를 높일 수
있으니

마음으로 듣기

둥근 지구 숲에서는
눈에 보이지 않는다고
없는 게 아니야

날아오르는
하늘다람쥐의
날갯짓도

어미 품에 잠든
어린 메추라기의
작은 뒤척임도

마음으로
귀 기울이면
들을 수 있지

십대

우린 왜 꽃보다 외로운 걸까

제2부

출구

들어왔으면
어딘가에 나가는 길이 있어

혹시 길을 잘못 들어
네게로 온
뜻밖의 아픔도
한동안 서성거리다
출구의 불빛을 발견한 순간
알라딘의 램프 연기처럼
눈 깜짝할 사이에
꼬리를 감추고 말걸
그러니

쉿!

퍼즐 맞추기

한 치의 오차 없이
딱 들어맞아야
완성되는
한 장의 그림

네가 아니면
나도 빛을 잃는
사각 틀 안

불필요한 친구는
하나도 없어

날마다 기적

코가 막혀
죽을지도 모른다는 불안감에
코밑이 벌게지도록
코를 풀어댄다

이제껏
아무 불편 없이
코로 숨 쉴 수
있었다니

숨 막혀
죽지 않은 날들이
기적이었다

치명적 약점

노래는 필수고
노래가 안 되면
춤이라도 잘 추던지

만찢녀*처럼
깜찍하거나
섹시하거나

한 가지 더!

다리는
무조건 길어야
된다고?

내가
걸그룹을
꿈꿀 수 없는

>

치명적

약점

---

*만찢녀: 신조어. 만화책을 찢고 나온 여자의 준말.

차이

뮤지엄 박물관
조형물 앞에서

여자 애들은
약속이나 한 듯
카메라 향해
하트를 날리고

지나던 남자 애들은
조형물을 주먹으로
툭툭 쳐보며
둔탁한 쇳소리를
꼭 확인하더라

쿡, 웃음이 난다
남자와 여자의 차이

소원 적기

제가 바라는
대학교에 합격하고

좋아하는 사람
맘껏 볼 수 있게 해주세요

내가 사랑하는 사람
모두 행복하게 해주세요

누굴까?

맑고 깨끗해서
절로 미소 짓게 하는
참 예쁜 소원 적기

고충 상담

지루하게 참아야
도달할 수 있는 미래와

마음먹은 대로
안 되는 현실 사이에서

갈팡질팡한다니까
힘들면 쉬어가라 하신다

정말
쉬면 고칠 수
있는 병인가요?

약도 없는 처방전을
받아들고 나오는데

한 뼘 더 길어진
그림자

\>

나보다

앞서서 걷는다

누군가의 꿈

휴대폰 데이터
가득 받아서
하고 싶은 게임만 하기

검색은 기본
좋아하는 가수 노래
무제한 듣기

꿈은 없고
그냥
돈 많은 백수로 살기

대게 축제

어쩌다
이 수족관에 잡혀 와
사람들에게
흥정거리가 되었어도

붉은 갑옷 속에서
두 눈 부릅뜨고
최후의 순간까지
경계를 늦추지 않는다

세상은 넓고
할 일은 많다지만

나에겐
세상과 맞장 뜨는
격전지일 뿐

매미가 우는 이유

온종일
오락가락 소나기에
매미는 할 말을 잃었다

여름비 그치고
잎들이 물기 말리는 오후

숨죽였던 매미는
필사적으로
소리친다

여어~
누가 나하고 놀아줄래?
어디 없냐구……

내가 살고 싶은 집

해가 지면
사뿐한 어둠이
말랑한 위로가 되어

수고했다
토닥여주는 집

피곤한 생각이
서랍 속에
가지런히 잠들고

포개어 누운 마음이
기대어 쉴 수 있는

그런 집이
내가 살고 싶은 집

멋진 놀이 안내문

새침한 고양이
수염을 달아드립니다

브이라인과 긴 다리
스마트한 성형이
필요한가요?

손끝 하나로
머리부터 발끝까지
변신 가능한 세상

원판불변의 법칙은
쓰레기통에 던지세요

달라진 외모에
만족할 때까지

재밌고 신나는

사진놀이

강추합니다~

＊주의: 사진 속 인물과 실물이 완전 다를 수 있음.

엄마가 부를 때

즐거운 놀이를
마무리하는 것은
언제나 아쉬움

툭툭 털고
내 자리로 가는 일은
쉽지 않은 일

더 놀고 싶어도
질끈 눈을 감자

폭발하는 잔소리
쓰나미처럼
몰려오기 전에

심호흡 한번 하고
다음을 기약하자

하트♡하트

널 생각하면
심장에서
뽀글뽀글 솟는 하트

두 눈에 하트
입술에 하트
손끝에도
하트하트

널 향한
내 마음

다 들켜버렸다

라이트월드

낮에는
숨죽여 잠자고

해 지면
발톱을 숨겼던 사자가
위용을 드러낸다

여기저기
화려한 불빛으로
몰려드는
나방들처럼

빛에 이끌려
멈출 수 없는
발걸음

침만 삼키다
돌아서는

헛헛한

불빛 축제

주운 물건 돌려주기

주운 물건은
제자리에 놓아두자

맘에 들어도
갖고 싶어도

내 것이
아니라면

아주 잘 보이게
놓아두자

물건 주인이
다급하게
찾으러 왔을 때

한눈에
얼른 발견할 수 있게

제3부

엄마 별

아이처럼
투정 부리다 잠든
네 이마 위로

오늘밤도
무수히 별은
뜨고 지지만

새벽까지
함께 잠들지 않는
별 하나

밤새
네 창가를
비추는

엄마라는 별

짜장면 두 그릇

갑자기 요란스런 빗방울
천둥도 아우성이다

취소도 못하고
안절부절못하는 사이

배달차도 아니고
자전거 타고
배달 오셨다는 할아버지
비 맞으니 오히려
시원해서 좋다며
기분 좋게 놓고 가신

짜장면 두 그릇

유전자의 힘

밖에 나가면
밤에 잠이 안 오고
화장실도 못 가는
남다른 긴장감

엄마의 엄마가
그런 것처럼
엄마의 딸도 그렇다

핏속에 흐르는
피곤한 가문의
우월한 유전자

그 힘으로
세상을 산다

둘째만 모여라

넘어져도
주위를
둘러보지 않고

곧장
일어서서
다시 달려야 하는 서열

열손가락 깨물어
더 아픈 손가락에
마음이 가는

유전병처럼
대물림되는
차별 아닌 차별

모양이 다른
사랑이란 걸

\>

어떻게

이해하라고요

톡

아슬아슬
가파른 암벽 위로

힘껏 던지는
자일*처럼

네게만
닿으라고

허공에 던지는
무모한 안부

---

*자일: 대마, 나일론, 마닐라삼 등으로 튼튼하게 만든 등산용 밧줄.

개학 전야

중심을 잡지 못해
기우뚱거린 시간

자기연민에 빠져서
허우적거리다가

이런 내가 한심스러워
웃기도 했다가

다시 책을 펴고
제자리에 앉는다

더 이상
숨을 곳이 없다

좋아 좋아

지우고
다시 쓸 수 있는
꿈이 있는 노트

빈 종이가 많아서
얼마든 하고 싶은 대로
그려볼 수 있어
좋아

틀려도 다시
시작할 수 있으니

망쳤다고
화내지 않기

하기 싫다고
포기하지 않기

\>

그래

좋아 좋아

첫눈

막대 끝에서
꽃이 피고
모자 속에서
비둘기가 나오는
마술은 보았지만

깜깜한 밤에
소리도 없이
통째로 배경을
바꿔놓은
스케일이 다른 매직

사람들이 잠든 그 밤
혼자 준비해 놓으신
깜짝 이벤트

첫 눈
이야

위로가 필요해

바람에 날려 와
뿌리를 내리고

이름도 없이
꽃이 피었네

빈 들을
하얗게 밝히고
말없이 지는 동안

아름다운
너의 시간을
살고 있는 거라고

지나는 바람이
가만가만
속삭여주네

토킹스틱

이 바통을 받으면
무조건 다섯 자로 말하기

너에게 공부란?

응응뭐라해
어휴답답해
왜공부하지
대학가야지
엄마잔소리
어떻게하지
집에가서해
밥먹고할래
배불러쉬자
밤새서할래
아침에하자
언제공부해
시간은간다

닥치고공부
개나주라지

징검돌

차가운 냇물에
발 적시지 말라고
선뜻 내민 등

필요한 누군가에겐
잊지 못할 징검돌

한 걸음 한 걸음
디딜 때마다

두 다리에 힘이 생기는
기분 좋은 느낌

징검돌을 생각하며
다시 행복해지는 기쁨

그냥 좋다고 하기

간결하고
명쾌한 대답은

지친 일상을
날아오르게 하는 힘

목소리만 듣고도
눈과 귀가 미소 짓고
마음이 먼저 대답한다

아무리 바빠도
만나자고 하면

단박에
그냥 좋다고 하기

365개의 계단을 오르며

저 끝이
까마득 멀게만 보여
바닥만 보고 걷는데

곧 닿을 것 같던
끝은 보이지 않아

지친 걸음
멈춰 서서
나에게 주문을 건다

견디는 것이
이기는 거야
곧 지나갈 거야

챔피언

바닥에
수없이 내쳐지고
발목이 꺾이는

누구도
대신할 수 없는
고통의 순간을

끝끝내
넘어서는 일
포기하지 않는 일
희망이라 불리는 끈을
목숨처럼 놓지 않는 일

그대가 챔피언이라
불리는 이유

마음 고쳐먹기

용서하지 않으니
내 속이 아프다

괴롭고 힘들다 하면서
미워하고 불평하다 보니
힘든 건 나

그럴 수 있다고
괜찮다고
내가 먼저 다가가서
다독여주는 건 어떨까

너도 힘들고
나도 힘드니까

우리 서로 불쌍히 여기기로
마음 하나 고쳐먹는 일

제4부

사랑의 힘

네모도 세모도
둥글게 구르게 하는 힘

제 몸을 낮추어
즐거이 흐르고 흘러

바다에 닿기까지
사랑은 지치지 않아

별을 바라봐

끝이 보이지 않는
아득한 절망에
주저앉아
눈물짓는 날에도

너의
고운 두 눈 들어
밤하늘 별을 바라봐

빛나는 생이란
어둠이 깊을수록
제 빛을 잃지 않는 것
끝내 사라지지 않는 것

선풍기가 돌아간다

불도 켜지 않은
침침한 방에
선풍기 한 대가 돌아간다

가만히 있어도
땀이 흐르는 한낮

팔순의 노부부는
뜨거운 바람조차
유순하게 견디고 있다

아침부터 밤늦게까지
고생하는 자식들 생각하면
선풍기라도 참말 고맙지

집에 있는 우리는
괜찮다고 하신다

아버지의 감자밭

이른 새벽,
서둘러 자전거로 달려 나온
산 아래 후미진 감자밭

무성한 덩굴을 걷어내고
중천에 걸린 해가
감자 고르는 손길을 재촉하면
소금기에 절은 몸에서
뚝, 뚝 물이 떨어진다

골진 밭둑길로
영근 감자 포대자루를
짊어지고 가시는 아버지

천근같은 무게를
내색하지 않으려 애쓰지만
뒷모습이 구부정하다

연하리 구름에게

저 회색 구름이
우는 너로 보였는데
내 시린 눈을
후비고 달아난다

땅속에서부터
신음하듯 올라오는
사무친 자책

내가 아픈 건 상관없다
용서해주기만 한다면

더 늦기 전에
집으로 돌아오렴

아주 빠른 달팽이

힘을 다해
달리는 중이야

한 발 전진을 위해
온몸으로 꿈틀대는

아
주
빠
른
달
팽
이

너를 보고
사람들은
비웃기도 하겠지만

삐뚤빼뚤
결승선을 향해
멈추지 않는
넌

최고의 마라토너

다시 시작해

흐려진 마음의 창부터
투명하게 닦자

쓰러진 깃발은
다시 일으켜 세우고

호흡 가다듬고
가벼이 가리란 다짐

꿈을 놓지 않으면
느릿느릿 기어오를지라도
다시 시작할 수 있으니

일기

웃음기 가시기 전에
눈물도 덤으로 주신다

사랑만 하면서 살고 싶은데
미움도 물러서지 않는다

행복해지고 싶은데
불행도 뒤따라온다

오늘도 하루도
살 만한 하루였다

편두통

밤새 콕콕 찌르는
간헐적인 편두통

앉아 있지도
눕지도 못하는
고통의 연속

이렇게 해서라도
어리석은 행동을
멈추라 하는 거지

불평을 멈추고
괜한 미움과
쓸데없는 걱정을
얼른 내려놓으라고

비밀

뜨겁지도
차갑지도 않게

부르면
들릴 수 있게

아파도
아픈 줄 모르게

한 발짝
물러서서

사라지지 않는
내 안의 깜빡임

소소한 행복

먹을 만큼만 담고
필요한 만큼만 쓰고

견딜 만큼만 사랑하고
더 욕심내지 않을래요

신의 한 수

가장 필요한 물건에
찜을 하고
배송을 누른다

입금하라고
총알처럼 날아오는 문자

묘하게도
시들해지는 구매욕

나를 제어하는
신의 한 수

별

저 별이
반짝이는 생의 기쁨인가 했는데
사람은 끝내
혼자 떠 있는 별이라 한다

희망

사력을 다해 일어서는
풀꽃의 떨림

희망이란
최상의 순간을 위해
네 전부를 거는 일

꽃을 꺾으면 안 되는 이유

꽃도 우리처럼
숨을 쉬고 있어서

꽃을 꺾으면
그 숨을 다하고 말아

여기 있는
어떤 꽃도
꺾을 수 있다고

누구도
허락받지 않았어

그러니
꽃을 함부로 꺾으면
절대 안 돼

24시 편의점

눈꺼풀이 가장
무겁다는 시간에도
별은 항상 떠 있다

별 속에
방아 찧는 토끼는
연신 하품이 쏟아져도
절대 잠들지 못한다

길 건너
다른 별들도
꼬박 밤을 새우고

잠 없는 별들은
경쟁하듯
자꾸만 늘어가고

집밥 생각

눈과 혀를 유혹하는
맛깔스러운 음식이
양심을 저버린
첨가물 투성이 아닐까
의혹이 들 때
슬그머니
집밥이 그립다
가짜 참기름과
가짜 고춧가루 음식에
점점 여위어가고
살아갈 힘을 잃을 때
사무치게 그리운 집밥
어머니의 밥

몸을 '트렁크'로 가진 「십 대」들의 '오로라'

김륭 시인

우주 또한 단 한 문장으로 족하질 않은가
……사랑은 언제나 길을 찾기 때문이다

우린 왜 꽃보다 외로운 걸까

―「십 대」 전문

그 누구에게나 있는 지금 여기, 그러니까 이쯤에서 뒤돌아
보면 분명 그 '기척'이 느껴지기도 하지만 그 '존재'는 분명
하게 보이지는 않는다. 어쩌면 늘 그와 접촉하며 그를 품고
살고 있지만 누구나 그를, 그가 가진 그것을 쉽고 볼 수도 느
낄 수 없는지도 모른다. 어른들이 흔히들 말하는 「십 대」가
그렇다. 거기에는 한 인간이 온몸으로 겪어낸 하늘과 땅이
우주의 시간과 맞물려 세상의 모든 형상과 소리가 제각각의

스펙트럼으로 펼쳐져 있기 때문이다. 과거와 현재와 미래가 어떤 빛이나 그 빛을 따라 맴도는 물결의 파노라마처럼……, '오로라'처럼……. 모든 인간이 가진 꽃과 별 그리고 꿈과 사랑이 빛의 환영처럼 드러나긴 하지만 그 어떤 것도 쉽게 설명할 수 없는 지점에서 우리는, 우리가 지나온 시간과 공간을 재발견한다. 그것은 그렇게 우리의 몸을 트렁크 삼아 그안에 들어 있는 마법의 구슬 같은 것은 아닌가. 하나이자 전체인 그리하여 그 자체가 하나의 우주가 되어 존재하는 지금 여기, 무한대로 그리하여 영원으로 열린 여기에서 "우린 왜 꽃보다 외로운 걸까", 하고 묻는 시인이 있다. 우리가 그 무엇보다 뜨겁게 주고받았던 사랑의 말처럼, 그것은 우리의 몸과 마음이 닿지 않는 먼 곳에서, 까마득히 잃어버렸거나 잊어버린 시간으로부터 지금 우리에게 도착한 낯선 메시지가 아니라 이미 우리 안에 존재하고 있었던 빛의 환영들.

결국 시인의 물음은 사랑은 언제나 길을 찾기 때문, 이라는 답을 전제로 하는 것인지 모른다. "우린 왜 꽃보다 외로운 걸까"라는 물음을 표제작으로 삼은 최경옥의 청소년 시집이 꽃과 별 그리고 꿈과 사랑을 배후로 하는 '오로라'를 연상시키는 것은 이 때문일 것이다. 그의 언어는 지구 밖에서 입사(入射)하는 대전 입자(전자 또는 양성자)가 지구 대기권 상층부의 기체와 마찰하여 빛을 내는 현상이라는 오로라의 사전상의 정의에 뿌리를 내린 듯 '빛의 환영'들로 살아 움직인다. 시인이 그려내는 시적 이미지는 단순하게 파편화할 수 없으며, 시인이 부리는 서사 또한 짧지만 한순간 휘발하거나 증발하는 지층이 아니다. "우리가 글로 쓰는 말 중에는 목소리, 영혼, 공간, 대기, 그리고 자기 자신만으로 존속하고 그 장소를 자신과 함께 운반해 가는 말이 있어야 한다. 소통의 힘, 이 속에는 어떤 미묘하고 세세한 것이 있으며, 그 존재는 느껴지기도 하지만 분명하게 보이지는 않는다. 전기 속 에테르의 존재와 같은 것이다."(모리스 블랑쇼, 『도래할 책』 「주베르와 공간」)

따라서 그의 언어는 단순히 말하는 것이 아니라, 존재하는 것이며, 말 속에는 아무것도 시작되지 않고 아무것도 말해지지 않는다. 말은 언제나 다시금 존재하며 언제나 다시 시작되는 것이다. 말은 모든 곳에 내 안에도, 내 밖에도 있다. 나는 말 속에 있고 말로 이루어져 있다. 즉 눈을 감아도 보이는 빛의 파장처럼 살아서 춤추며 노래하는 기호로서의 생명체다. 그러니까 최경옥의 『우린 왜 꽃보다 외로운 걸까』는 「십대」들을 대상으로 하는 청소년 시집이지만 단순한 재치나 아이디어 혹은 감성적 푸념에 그치지 않는다. 그는 지극히 일상적인 것, 하찮은 것, 그리하여 매우 남루한 것들의 배후에 담긴 우주적인 것의 실루엣을 빛으로 어루만진다. 그것은 시집 속에 수록된 작품 「짜장면 두 그릇」에서도 확인할 수 있

듯 혼신의 힘을 다해 사랑과 희망을 찾아내려는 그의 따스한
시선을 담보로 한다. 따라서 시집 전체를 장악하고 있는 꽃
과 별 그리고 꿈과 사랑 등의 이미지는 여명의 빛처럼 하나
의 세계를 휘감는다.

> 저 별이
> 반짝이는 생의 기쁨인가 했는데
> 사람은 끝내
> 혼자 떠 있는 별이라 한다
>
> —「별」 전문

　「별」은 표제작으로 놓인 「십 대」의 한 문장 "우린 왜 꽃보
다 외로운 걸까"에 대한 답이다. 이처럼 그의 시편들은 제각
기 역동적인 패턴이 되고 하나의 우주로 드러난다. "바람에
날려 와/뿌리를 내리고//이름도 없이/꽃이 피었네//빈 들을/
하얗게 밝히고/말없이 지는 동안//아름다운/너의 시간을/살
고 있는 거라고//지나는 바람이/가만가만/속삭여주네"(「위로
가 필요해」) 그가 그려내는 이미지는 어떤 개념으로 환원되지
않으며 어떤 언어로 묶어둘 수도 없다. 그것은 일상을 살아
가는 「십 대」들은 물론 모든 존재들의 수고로운 시간과 공간
들이 결속하여 이루어내는 하나의 방이며 하나의 우주로서
경이로운 그 무엇이다. 예컨대 「대게 축제」 현장과 「24시 편

의점」이 가진 서로 결합될 수 없는 서경과 그 실루엣 또한 그의 시선을 거치면서 하나의 우주극장이 된다.

어쩌다
이 수족관에 잡혀 와
사람들에게
흥정거리가 되었어도

붉은 갑옷 속에서
두 눈 부릅뜨고
최후의 순간까지
경계를 늦추지 않는다

세상은 넓고
할 일은 많다지만

나에겐
세상과 맞장 뜨는
격전지일 뿐

—「대게 축제」 전문

눈꺼풀이 가장

무겁다는 시간에도

별은 항상 떠 있다

별 속에

방아 찧는 토끼는

연신 하품이 쏟아져도

절대 잠들지 못한다

길 건너

다른 별들도

꼬박 밤을 새우고

잠 없는 별들은

경쟁하듯

자꾸만 늘어가고

　　　　　　　　　　　　　　　　　　—「24시 편의점」전문

　　"나에겐/세상과 맞장 뜨는/격전지일 뿐"이라는 「대게 축
제」 현장에서의 진술과 "잠 없는 별들은/경쟁하듯/자꾸만 늘
어가고"라는 문장 앞에서 우리는 우리가 지나온 「십 대」를

다시 생각하게 된다. 그것은 우리가 이미 겪었고 지금 현재 바라보고는 있으나 인지하지 못하는 허방 같은 건 아닐까. 그러니까 "우린 왜 꽃보다 외로운 걸까"라는 최경옥의 이 물음은 「십 대」 청소년들의 삶이 우주의 근거가 되며 한 인간으로서의 외롭고 아픈 나날의 시간들이 神인들 알 수 없는 모종의 신비한 움직임에 참여하는 거룩한 사건이라는 사실을 아름답게 이미지로 중언하고 있는 것은 아닌가. 「십 대」, 어쩌면 나이에 상관없이 우리 모두가 그 안에 살고 있으면서도 아무나 보지는 못하는 아름다우며 자유로운 존재의 모습에 관한 나날의 삶을 그는 아주 평범하면서도 특별하게 제각각의 시편을 무대 삼아 「토킹스틱」처럼 올려놓는다.

이 바통을 받으면
무조건 다섯 자로 말하기

너에게 공부란?

응응뭐라해
어휴답답해
왜공부하지
대학가야지
엄마잔소리

어떻게하지

집에가서해

밥먹고할래

배불러쉬자

밤새서할래

아침에하자

언제공부해

시간은간다

닥치고공부

개나주라지

—「토킹스틱」 전문

"시간은간다/닥치고공부/개나주라지"라는 문장 위에 한참
을 머문다. 그리고 영화화된 소설의 한 장면을 떠올린다. 영
화 〈체실 비치에서〉는 영국 작가 이언 매큐언의 중편소설을
원작으로 소설 마지막 부분엔 "한 사람의 인생 전체가 바뀔
수도 있는 것이다. 아무것도 하지 않음으로써 말이다"라는
문장이 나온다. 작가가 말하고자 하는 주제를 응축하고 있는
문장이다. 이처럼 좋은 문장은 어떤 선언과 닮아 있다. 그것
은 한 인간으로서 자기만의 선언, 자기 세계의 선언이다.「십
대」라는 제목 아래 단 한 문장으로 최경옥은 묻는다. "우린
왜 꽃보다 외로운 걸까" 그렇다. 우리 모두가 건너온「십 대」,

그 자체가 하나의 우주선이 아닌가. 단 한 걸음을 더 나아가면 하나의 우주, 우리는 그렇게 제각각의 우주에서 방금 도착한 사랑이며 희망이며 별들이 아닌가. 그리하여 지금 여기, "최상의 순간을 위해/네 전부를 거는 일" 우리가 가진 사랑은 그렇게 길을 찾는다.

> 사력을 다해 일어서는
> 풀꽃의 떨림
>
> 희망이란
> 최상의 순간을 위해
> 네 전부를 거는 일
>
> ―「희망」 전문

이 도서의 국립중앙도서관 출판시도서목록(CIP)은 서지정보유통지원시스템 홈페이지
(http://seoji.nl.go.kr)와 국가자료공동목록시스템(http://www.nl.go.kr/kolisnet)에서
이용하실 수 있습니다.(CIP제어번호: CIP2018029563)

우린 왜
꽃보다 외로운 걸까

ⓒ 최경옥

초판 1쇄 인쇄   2018년 9월 20일

초판 1쇄 발행   2018년 9월 27일

　　지은이   최경옥

　　펴낸이   고영

　책임편집   서윤후

　　디자인   헤이존

　　펴낸곳   문학의전당

　출판등록   제2017-000002호

　　　주소   서울시 마포구 마포대로 11길 91, 3층

　　　전화   02-852-1977   팩스 02-852-1978

　전자우편   sbpoem@naver.com

　　　ISBN   979-11-5896-390-3   43810

＊이 시집은 2018 충청북도, 충북문화재단의 후원으로
　발간되었습니다.